DISCOVRS
A MONSEIGNEVR

L'ILLVSTme. ET REVERENDme. CARDINAL DV PERRON.

Luy dédiant des Vers en la loüange de Monseigneur de Sainct Luc Abbé de RHEDON.

A PARIS.

Chez IEAN LACQVEHAY, au mont S. Hilairè dans la Court d'Albret.

M. DC. XV.

DISCOVRS
A MONSEIGNEVR
L'ILLVST^me ET REVEREND^me
CARDINAL DV PERRON.

RINCE DE L'EGLISE, FLEVR DES BEAVX ESPRITS DV MONDE, IVSTE MERVEILLE DES SIECLES A VENIR. A propos de mon deſſein & de voſtre merite, Ie me reſſouuiens d'vn certain temple, qu'vn de ces grãds Empereurs auoit inſtitué pour s'y faire adorer : Car outre l'excellence de l'œuure artiſtement élabouré par le dehors, la magnificence des parements qui l'enrichiſſoient au dedans, & la ſtatuë d'or qui le repreſentoit en forme diuine au milieu du Temple, la dignité du lieu permettoit ſeulement aux plus riches, & aux plus apparents l'honneur d'y ſacrifier, non point des hecatombes, des agneaux, ny de ce que l'on auoit accouſtumé d'offrir aux autres Dieux, mais des victimes les plus rares, & les plus recerchees qu'il eſtoit poſſible de trouuer, *Hoſtiæ erant Phœnicopteri, Pauones, Tetraones, Numidicæ, Meleagrides, Faſiana.* MONSEIGNEVR, vous eſtes ce Temple reueſtu par le dehors d'vne belle & fleuriſſante reputation, qui porte voſtre nom aux oreilles de tous les Roys & Princes de l'Europe. L'entiere & parfaicte cognoiſſance de tout ce que l'on peut ſçauoir, l'vſage fa-

A ij

milier de toutes les langues qui feruent pour acquerir toutes les fciences, & la grace de bien dire qui vous eft fi naturelle & fi facile pour les debiter, ce font les precieux ornemens qui embelliffent le dedans de ce Temple : où voftre ame toute d'or & pure & nette cóme l'or, agiffant par les plus douces & feules infpirations de la vertu, qui fans marque d'inegalité, vous fait toufiours reffembler à vous mefmes , reçoit tous les iours vne infinité de vœux & d'offrandes non communes, de la bouche & de la plume des plus rares efprits de noftre fiecle, qui fe tiennent bien-heureux d'approcher de cefte humaine diuinité qui reluit en vous , pour eftre participants de fes oracles. C'eft pourquoy n'eftant pas de ce nombre, & recognoiffant qu'il ne pouuoit rien fortir de chez moy que de vulgaire, le feul refpect que l'on doit à voftre nõ, m'obligeoit ce me femble, de retenir cefte mauuaife piece entre mes mains, pluftoft que de vous inuoquer auec vn prefent de fi petite valeur: Mais fi ie manque en cela de difcretion, ce fera du moins à l'exemple de ce Mathematicien , qui apres auoir long-temps demeuré fur le fommet d'vne haute montagne, pour confiderer plus à fon aife la nature du Soleil, l'ordre infaillible de fon cours, la diuerfité de fes mouuements , la caufe de fes Eclipfes , en fin fe trouuant auffi neuf qu'il eftoit auparauant, & fe perfuadant que fes yeux deuoient arriuer ou fon imagination ne pouuoit attaindre, fut bien fi curieux de fouhaiter qu'il peuft voir vne feule foys ce bel Aftre face à face & a decouuert, a peine d'eftre confommé de fes feux fur l'heure mefme. Auffi combien qu'vne infinité de belles actions induifent affez tout le monde a

vous

vous honorer & vous faſſent paroiſtre ny plus ny moins qu'vn Soleil, qui par le moindre eſclat fait iuger la perfection de ſon eſſence : Si eſt-ce que depuis le temps que les lettres m'ont appris voſtre nom, vne certaine volonté m'eſt touſiours demeuree, de me porter plus particulierement que les autres a vous rendre ce deuoir. D'euſſay-je donc auiourd'huy receuoir la peine de ma temerité, & m'esblouyr aux rayons d'vn autre Soleil, ſi faut-il que ie m'en aproche maintenant de plus prez, & que ie demande l'entree de voſtre cabinet, pour vous entretenir des loüanges d'vn des accomplis & ſages prelats, qui ait depuis long-temps parû ſur les rangs de l'Egliſe : Car ſoit que l'on puiſſe remarquer en gros toutes ſes raresqualitez, ou bien gouſter l'vn apres l'autre tant d'agreables fruicts qui honorent vne ſi verte ſaiſon, ceſte heureuſe memoire, ce beau iugement, ceſte facilité d'exprimer ſon ſçauoir, la candeur de ceſte ame franche de toutes paſſions, ſa conduitte, ſa prudence & toutes ces perfections que les mondains admirent, on ne pourra pas nyer que la nature, d'vn ſoing particulier, ne l'ait faict naiſtre aux lettres, à la pieté & aux affaires du monde tout enſemble. Heureuſe alliance qui ioinct tant de parties differentes en vn meſme ſubject, & par vn chemin frayé depeu de gens, nous faict treuuer les Couronnes du Ciel entre les honneurs de la Terre. On tient qu'ordinairement les grands eſprits produiſent de grãdes vertus, & de grands vices auſſi, ſemblables, diſoit vn ancien, au terroir d'Attique, qui d'vn coſté portoit de fort excellent miel, & de l'autre des herbes tres veneneuſes & mortelle. Mais quãd à celuy cy, c'eſt vn chef d'œuure, vn

B

miracle nouueau, la toile d'Arachné, ou les plus ſçauans treuueront beaucoup de choſes à louër, & les enuieux rien du tout à reprendre.

Non illud Pallas, non illud carpere liuor
Poſſet opus.

Si l'affection me fait ainſi parler, la verité meſme en pourroit beaucoup plus tirer de ma plume: mais ce que l'vne & l'autre me permettent de dire, voſtre cognoiſſance & ſa modeſtie me le deffend. D'auantage en vn champ ſi fertille l'abondance me nuit, & me faict éprouuer que les choſes haultes & parfaictes ſont plus difficiles à repreſenter que les mediocres. Ce fut autre choſe de peindre vn raiſin que les oyſeaux venoient becquetter, vn rideau qui trompoit la veuë, tirer vne ligne droicte, faire vn payſage, charbonner des croteſques és murailles d'vn Theatre: Autre choſe de portraire vn Iupiter en ſa Maieſté, vn Hercule en ſa force, vn Alexandre tenant le foudre en ſa main: L'vn eſt ſimplement ourage du pinceau, l'autre de l'eſprit, l'vn ſe contante de la ſeule application des couleurs, & l'autre veut que les ſymmetries & proportions, les geſtes, les lineaments & les contenances y ſoient exactement obſeruees: Bref en ceſte diuerſité la nature ne ſe laiſſe pas facilement imiter. Les yeux de l'Empereur Auguſte iettoient vn ſi grand eſclat, qu'il n'eſtoit pas poſſible de le pouuoir fixement regarder. Et ſi Plutarque dit vray, Demetrius auoit vn air de viſage, & ie ne ſçay quelle beauté ſi merueilleuſe, ou paroiſſoit vne douceur accompagnee d'vne telle Majeſté, que iamais peintre ny tailleur d'images, ne peut auenir a le bien tirer & contrefaire. I'en puis autant dire de l'efprit de ce ieune Seigneur, l'éclat de fes vertus eſt ſi grand, fes conditions ſi nobles & ſi parfaites, qu'il ne m'eſt pas poffible de les repreſenter auffi naïfuement en difcours, qu'elles paroiffent en fes actions naturelles : Ou bien il faudroit que i'euffe, toutes chofes priſes au contraire, vne auffi bonne plume pour les efcrire, que la main de ce peintre Athenien eſtoit ingenieuſe pour figurer en vne meſme face vn homme inconſtant, colere, meſchant, & neantmoins affable, fuperbe, humble, furieux & couard. A quoy ne pouuant fatisfaire, ie feray contrainct d'emprunter en ce deffaut le voile de Timanthe, pour couurir ce que mes parolles ne peuuent pas affez dignement exprimer, affin que m'arreſtant aux feules loüanges deuës à fa profeffion, ie faffe voir aux plus efloignéz, que tout ainſi qu'apres auoir bien confideré la forme du viſage de M. Antoine, fon front large, fa barbe epeffe, fon nez acquilin, on y treuuoit vne pareille force & virilité que celle qui fe voyoit depeinte és images & ſtatuës d'Hercules, de meſme que iettant les yeux fur ce Prelat, on voira luyre en fes mœurs & en fa face les meſmes traicts dont on nous figure ces bons peres & anciens docteurs de l'Egliſe, defquels eſtant vn iour fucceffeur, auffi bien que la fageffe, la doctrine, le zele, & l'humilité le rendent imitateur, de quel foin le voyra-ton veiller fur fon troupeau, de quelle ardeur combattre les vices, & de quelle force chaffer les monſtres de la maiſon du Seigneur? Mais il eſt temps que ie ceffe de vanter celuy que perfonne ne blafme, et qui fera recommandé par le plus haut titre d'honneur que ie luy puiffe donner, quand ie diray qu'il eſt forty d'vn ſi braue

et genereux pere, que pour le bien louër, il m'est simple-
ment besoin de le nommer : car feu Monseigneur de
sainct Luc estoit tel, qu'il sera tousiours loisible à sa po-
sterité de se glorifier en la memoire de ses beaux-faicts.
C'estoit vn Mars en guerre, vn Nestor au Conseil, vn
Mercure au parler, vn Apollon, toutes les Muses et toutes les Graces en ce qui dépend de la science, de la gentil-
lesse & de l'honneur. En vn mot c'estoit vn pere qui de-
sirant laisser au monde l'image de vos perfections, & de
ses vertus, ne treuua meilleur moyen de cacher son des-
sein qu'en la personne de Messieurs ses enfans, grauant
dans le cœur des vns sa valeur, & mettant en celuy-cy v-
ne ferme volonté ioincte auec vne puissance necessaire
d'imiter vostre sçauoir : comme Parrasius, qui s'estant
luy-mesme portrait, neantmoins pour tromper le monde, ne laissa pas d'escrire le nom de Mercure au bas de son
tableau. En quoy puisque le desir du pere se treuue heu-
reusement accomply pour les armes, l'apparéce ne nous
en faict pas moins esperer pour le regard des lettres, qui
se communicquent si familierement à ce Prelat, que s'il
y auoit quelqu'vn qui vous peust ressembler, ce seroit
luy sur qui elles ietteroient les yeux pour le gratiffier vn
iour de ceste faueur, faueur comme ie croy qui ne vous
rendra point jaloux.

Ascanio ne pater Romanas inuidet arces ?

Et si ma creance est diminuee par les autres, du moins
aurat-il cela de commun auecques vous, d'auoir merité
les charges & les dignitez auant que de les posseder, &
d'auoir passé par le Temple de la vertu, premier que d'en-
trer en celuy de l'honneur : auquel on le voyra bien tost
esleué

esleué, non point auec les ailes d'or d'Euripide, mais a-
uec les celestes de Platon. Voyla, Monseigneur, ce que
i'auois à vous dire: Outre le suiect, ce n'est rien qui vous
puisse contanter. Mais si tant de victoires emportees sur
les ennemis de l'Eglise de Dieu , tant d'ames desuoyees
reduictes au droict chemin, tant de Conseils necessaires
au bien de l'estat, & de nouueau l'obligation que vous a-
uez acquise sur vne puissante Seigneurie reconciliee par
l'entremise de vos sages auertissements , si dis-je , toutes
ces belles actions vous ont acquis vne gloire que l'aage
ne flaitrira iamais, vne heure de loysir que vous employ-
rez à vous faire lire ce discours, fera croire que vous n'e-
stes pas moins debonnaire que sçauant, & que vous aués
appris à ioindre aux belles partyes d'vn grand Prelat, les
qualitez heroiques de ce grand Roy , qui ne sçauoit pas
seulement liberalement donner, mais aussi receuoir de
bon œil ce qui luy estoit presenté.

DVTERTRE.

ODE
PINDARIQVE
EN LA LOVANGE DE MON-
SEIGNEVR DE SAINCT LVC
ABBE' DE RHEDON.

STROPHE. I.

VI fera sortir de ma bouche
    Vn amas des plus belles fleurs,
    Pour depeindre en viues couleurs
    Le digne suiet que ie touche?
    Qui fera, qu'auecque merueilles,
Auiourd'huy ie puisse chanter.
Vn vers qui sache contanter
Les plus delicates oreilles?
Disposant l'ordre de mes pas
Au son de la lyre Thebaine,
Par vne demarche soudaine
Que le commun ne suyue pas.

Antistroph. I.

Toy fille du Ciel immortelle
    Qui charmes les cœurs de ta voix,
    Comble mon ame à ceste foys
    D'vne influence qui soit telle,
    Qu'animé de la douce gloire
    Qu'vn beau dessein me faict auoir,

A iamais on en puiſſe voir
L'Image au Temple de Memoire,
Et qu'en tes plus graues chanſons
Ton ſainct pouuoir me faſſe bruire
Le double honneur qui fait reluire
Vn Prelat digne de mes ſons.

Epode. I.

Pour commancer l'entrepriſe
  En vn ſuiect ſi diuers,
  Qu'elle vertu ſera miſe
  Deſſus le front de mes vers?
  Si ie m'arreſte à chacune,
  La ſuitte en eſt importune,
  Et ſi ie vante ſa foy
  Qu'vne ſaincte ardeur allume,
  Sa charité deuant moy
  Se vient offrir à ma plume.

Stroph. II.

Ainſi qu'en vne belle pree
  Ou les fleurs naiſſent en tous lieux,
  A l'abord nous iettons les yeux
  Sur celle qui plus nous agree:
  De meſme entre tant de louanges.
  Deſſus toutes i'en eſliray
  Les vnes, que ie publiray
  Iuſques aux riuages êtranges,
  Et ſans emprunter les faueurs
  De ſa race amplement deſcrite,
  Auecques ſon propre merite
  Je baſtiray tous ſes honneurs.

Antiſtroph. II.

Iamais en ſi verte ieuneſſe
   Tant de prudence ne logea:
   Que ſon eſprit monſtre deſia
   De traicts d'vne meure ſageſſe:
   Si bien qu'à luy voir dire & faire
   Ce qui ne ſe peut pas celer,
   Et ſagement diſſimuler
   Les choſes qui ſe doiuent taire,
   On penſe, veu ſes ieunes ans,
   Que ces miracles nous induiſent
   A croire que les grands produiſent
   Des fruicts auparauant le temps.

Epode. II.

Entre les fruicts de ſon âge
   Son humilité reluit,
   Auec autant d'auantage
   Qu'vn Aſtre parmy la nuict:
   Et du Tout-puiſſant la craincte
   Qu'il a dans le cœur emprainte
   S'accompagnant de l'amour,
   De meſme façon l'honore,
   Que le Ciel au poinct du iour
   Eſt embelly de l'Aurore.

Strophe. III.

Qui peut d'vne langue certaine
   Dire le nombre des moiſſons,
   Et raconter tous les glaçons
   Que le froid hyuer nous ameine.
   Celuy-là pourra bien comprendre

Toutes ses vertus par escrit,
Mais moy selon que mon esprit
Aura la force de s'estendre,
Ie feray voir en toutes pars
Quel bon-heur suruint à l'Eglise,
Quand par vne belle entreprise
Minerue le rauit à Mars,

Antist. III.

Minerue admirable en prudence,
Pour l'honorer de son sçauoir,
Et Mars desireux de l'auoir
Se treuuerent à sa naïssance:
Mais elle voyant que son frere
En sa puissance triomphant,
Vouloit emporter que l'enfant
Marchast sur les traces du Pere,
Brulant d'vne viue chaleur
Dont sa colere estoit depeinte,
Elle enuoya ceste complaincte
Au Ciel iuge de sa douleur.

Epode III.

Quoy? Mars qui n'est estimable
Que par l'effort de ses mains,
Aura-til seul redoutable
Tout l'Empire des humains?
Et pour croistre sa puissance
Reduira-til la science
Dedans l'oubly du tombeau?
Pere, si i'ay l'auantage
De naistre de ton cerueau,

Vange moy de cét outrage.

Stroph. IV.

Ainſi profondement attainte
Du iuſte regret qu'elle auoit,
Ceſte Vierge à peine acheuoit
Le dernier accent de ſa plainte,
Lors que d'vne voix entendüe
De l'vne à l'autre extremité,
Iupiter en ſa Maieſté
Parlant du ſommet de la nüe,
Et fronçant ſon graue ſourcy
Sous qui tout le monde chancelle,
D'vne authorité paternelle
Commença de luy dire ainſi.

Antiſtroph. IIII.

Ceſſe, ma fille, de te plaindre
De Mars ce guerrier indompté,
Ce que le Sort à limité
Les Dieux ne le peuuët enfraindre:
Ains que ie donnaſſe à la France
Cét enfant heureuſement né,
Le Deſtin l'auoit ordonné
Pour triompher de l'ignorance,
Affin que l'ayant retiré
Loin des orages de la guerre,
Des plus hauts degrés de la Terre,
Vn iour on le viſt honoré.

Epode. IIII.

Mais comme ſous ta conduite,
Qui rend les Eſprits fœconds,

Entre beaucoup de ta suitte
Il aura peu de seconds,
De mesme, par l'entremise
Du Dieu Mars qui fauorise
Ceux qui marchent sous ses loix,
Les beaux exploits militaires
Porteront deuant les Roys
La vaillance de ses freres.

Strophe. V.

A ceste promesse fatale
Pleine d'vn bonheur aparent,
Mars voyant que leur diferent
Auoit vne sentence egale,
Et que d'vn pareil auantage
L'vn & l'autre estoit fauory,
Mist entre les mains de HENRY
Ceux qu'il auoit eus en partage,
Affin que lors les luy baillants,
Leur ieunesse en vertu fœconde
Sous le plus grand prince du Mõde
Aprist le mestier des vaillants.

Antist. V.

Tandis impatiente d'aise
De voir accomplir ses desirs,
Minerue entre mille plaisirs
Dont sa colere se r'apaise;
Apres auoir d'vn bas murmure
Proferé quelques mots en l'air,
Et pour la grace du parler
Inuocqué l'aide de Mercure,

Halenant

Halenant deſſus l'enfançon
Auec des augures proſperes,
D'vne bouche ouuerte aux miſteres
Luy parla de ceſte façon.

Epode. V.

Enfant, combien que ta race
Illuſtre en faicts glorieux,
Te reſeruaſt vne place
Au rang de ces demy-Dieux,
Qui d'honneur l'ame frappee
Cerchent du nom par l'eſpee:
Si reuoyra-ton encor
Par ta preuoyance vtile,
Que le conſeil de Neſtor
Vaut bien la force d'Achille.

Stroph. VI.

Au ſeul bruit de ta renommee
Dont la puiſſante verité,
Diſſipera l'obſcurité
Que l'ignorance auoit ſemee:
La preſomptueuſe Hereſie
Qui d'vn eſtrange aueuglement
Ne tient en ſon fol iugement
Autre loy que ſa fantaiſie,
Sauourant la douceur du fruict
Que ta parole aura ſceu faire,
Par vn changement ſalutaire
Quitera l'erreur qui la ſuit.

Antiſtroph. VI.

Honnenr, ſçauoir, grace, Eloquence

E

Iustice, liberalité,
Et la ſageſſe & la bonté
Chez toy feront leur reſidence:
Qualitez qui tenant le feſte
Des perfections de l'Eſprit,
Vn iour que le ciel à preſcrit
Mettront le pourpre ſur ta teſte:
Affin qu'en eſtant reuêtu,
L'êclat qui te fera paroitre
Serue d'exemple à recognoitre
En toy le prix de la vertu.

Epode. VI.

Voyla comme vne Deeſſe
Tous ſes preſens te donna,
PRELAT, puis d'vne viteſſe
Dans le Ciel s'en retourna,
Laiſſant au fonds de mon ame
Vn chaud deſir qui m'emflame
A publier tes honneurs:
Mais le temps qui tout maiſtriſe,
Me deniant ſes faueurs,
Retranche mon entrepriſe.

F I N.